- HALFBOB -

SUPER INVENTIONS

et autres découvertes étonnantes

FLEURUS

Direction : Guillaume Arnaud
Direction éditoriale : Emmanuelle Braine Bonnaire
Édition : Danielle Védrinelle et Dominique Pérot-Poussielgue/Plume sur Loire
Relecture : Anne Guirado
Direction artistique : Bleuenn Auffret
Mise en pages : Hélène Léonard
Direction de la fabrication : Thierry Dubus
Fabrication : Marie Guibert

57, rue Gaston Tessier, CS 50061, 75166 Paris cedex 19
www.fleuruseditions.com
ISBN : 978 2 215 17583 4
MDS : FS75834
N° d'édition : J21051
1re édition

Achevé d'imprimer en novembre 2020 sur les presses de Dimograf en Pologne.

Ah, les inventions !
Je pourrais en parler pendant des heures !

Tiens, par exemple, mon invention préférée de tous les temps : les frites ! Ce bienfait, sorti du cerveau génial de... Ah ! on me fait signe que je n'ai pas trop le temps d'en parler ici. Bon, ce sera pour une autre fois ! En attendant, je vais te présenter **66 super inventions**, parfois très anciennes ou très récentes, qui sont présentes dans ton quotidien ou qui pourraient le devenir. Elles ont toutes en commun d'avoir été à leur époque, ou aujourd'hui encore, super étonnantes !

Halfbob

La TROTTINETTE

On ne sait pas exactement qui l'a créée, mais elle existe depuis le début du XXe siècle, au départ sous forme de jouet en bois pour les familles aisées (avec deux roues à l'arrière et une à l'avant), avant de devenir un moyen de transport dans les années 1950. Elle disparaît ensuite de la circulation, puis revient en force à la fin des années 1990, lorsque le suisse Wim Ouboter invente la trottinette pliable en aluminium, pratique et légère. Le début d'une seconde jeunesse pour la trottinette !

Mais non, ce n'est pas une blague ! À mon époque, même les adultes utilisent les trottinettes pour aller au travail !
Si un enfant d'aujourd'hui pouvait voyager dans le temps et revenir au début du XXᵉ siècle.

L'info 100 % fausse :
Le chat de Gutenberg avait bien compris comment utiliser les caractères mobiles.
Donne-moi à manger ou je miaule très fort !

L'IMPRIMERIE

Dès le IIe siècle de notre ère, les Chinois développent l'impression de textes et dessins sur des tissus. Les imprimeries existent en Asie, au Xe siècle d'abord, en pratiquant la gravure sur bois, puis à partir du XIVe siècle, en utilisant des caractères métalliques mobiles. C'est cette dernière méthode « qu'inventera » (il n'était pas au courant de l'existence du système chinois) à son tour l'Allemand Gutenberg en 1440, permettant de multiplier le nombre de livres en circulation !

1954

Les PANNEAUX SOLAIRES

En 1839, le physicien français Antoine Becquerel constate que certains métaux produisent de l'électricité sous l'effet du soleil et découvre ainsi l'énergie photovoltaïque. Quelques expérimentations sont ensuite menées ici ou là pour tenter de développer cette énergie, mais sans véritable succès.
Il faut attendre 1954 pour que trois chercheurs américains parviennent à fabriquer le premier panneau solaire. La recherche spatiale va ensuite permettre à l'énergie photovoltaïque de se développer, puisqu'elle alimente la plupart des satellites. En 1974, le premier bâtiment alimenté entièrement en énergie solaire voit le jour aux États-Unis ; il démontre la fiabilité de cette énergie 100 % écologique. De plus en plus abordables pour le grand public, les panneaux solaires sont aujourd'hui couramment utilisés dans les habitations individuelles.

Bon, je note : le banc en métal chauffé au soleil produit donc de l'électricité !
Et il brûle affreusement les fesses, aussi !

2019

Le SAC À DOS pour PIGEONS CHERCHEURS

Des chercheurs de l'université de Birmingham, en Angleterre, ont eu l'idée d'équiper des pigeons voyageurs de petits sacs à dos miniatures et ultralégers. Avec cet équipement, ils peuvent non pas partir en randonnée entre copains, mais plutôt récolter des données sur les températures, le taux d'humidité et surtout la pollution en milieu urbain.

2012

Les PANTOUFLES LAMPE-TORCHE

Pour éviter d'allumer toutes les lumières de la maison et de déranger tout le monde lorsqu'on se lève la nuit, Nicolas Bosquier a inventé en 2012 les pantoufles éclairantes. Une petite diode électrique projetant la lumière jusqu'à 7 mètres est fixée au bout de la pantoufle et s'allume instantanément au contact du pied ! Petit plus, la semelle de la pantoufle est antidérapante ! Idéal donc pour des pipis nocturnes discrets et sécurisés !

Un brevet pour l'invention du téléphone? Ah, c'est trop tard, M. Bell vient juste de le déposer!
Vous auriez dû téléphoner, vous auriez été plus rapide, ah, ah, ah!
Rho, ça va, si on ne peut plus rigoler!

1876

Le TÉLÉPHONE

Graham Bell, un jeune inventeur écossais émigré aux États-Unis, décide de travailler sur un système de communication permettant d'utiliser la parole et l'ouïe. Il parvient à transformer une onde acoustique en courant électrique en passant par une lame métallique vibrante. Il dépose le brevet de son système téléphonique en mars 1876, quelques heures avant que son compatriote Elisha Gray ne dépose un brevet pour une invention identique ! Après 10 ans de procès, Bell est bel et bien reconnu comme l'inventeur du téléphone !

Bonne nouvelle, madame ! La vaccination a fonctionné, votre fils est sain et sauf !
Bon, après, il y a peut-être un léger effet secondaire !

1796

La VACCINATION

Au XVIIIe siècle, la variole (une maladie contagieuse potentiellement mortelle) faisait des ravages en Europe. Un médecin anglais, Edward Jenner, a remarqué que les fermiers atteints de la vaccine (du latin *vacca*, la vache), une forme de la variole affectant les vaches, mais pas dangereuse pour les humains, n'étaient jamais malades de la variole. En 1796, il décida d'injecter chez un enfant un peu de pus prélevé chez une fermière malade de la vaccine, puis de l'infecter avec du pus variolique. L'enfant, protégé par la vaccine, survécut à la variole. La vaccination était née !

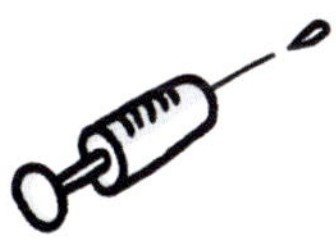

1886

L'AUTOMOBILE

En 1769, l'ingénieur français Joseph Cugnot met au point le premier véhicule automobile, appelé « fardier à vapeur ». C'est un chariot à trois roues équipé d'une chaudière à vapeur sur le devant, capable de rouler à 4 km/h. En 1886, l'Allemand Karl Benz équipe un tricycle d'un moteur à explosion fonctionnant au pétrole, qui atteint la vitesse de 15 km/h et est considéré comme la première automobile.

Quelques années plus tard, en 1891, les premières automobiles équipées de son moteur sont mises en vente. L'industrie de l'automobile se développe, les voitures, de plus en plus perfectionnées, se vendent dans le monde entier, et finissent par devenir le principal moyen de locomotion. Avec hélas un impact négatif sur l'environnement, car elles sont très polluantes !

Hum, délicieux !
C'est quoi le parfum
de votre carburant ?
Fraise,
et le vôtre ?
L'INFO
100 %
FAUSSE
(mais on aimerait
tellement qu'elle
soit vraie !)
Bientôt, les carburants seront tous
parfumés et non-polluants !

1963

La MACHINE « CHAT QUI MIAULE »

Cette invention mécanique venue du Japon imitait le miaulement du chat dix fois par minute. Son but était de faire fuir les rongeurs. On peut quand même se demander s'il n'était pas plus simple de prendre un véritable chat !

2013

La VIANDE ARTIFICIELLE

En prélevant des cellules souches sur des bœufs ou des poulets et en les faisant se développer en laboratoire, des chercheurs sont arrivés à créer de la viande artificielle. S'il y a débats sur sa texture et son goût, tout le monde s'accorde à dire que c'est en tout cas un progrès dans la lutte contre la souffrance animale et l'élevage intensif !

Le STYLO-BILLE

En 1938, le journaliste hongrois László Biró regarde des enfants jouer aux billes. Lorsque l'une d'elles traverse une flaque d'eau, il observe qu'elle laisse ensuite une traînée humide derrière elle. Cela lui donne l'idée d'incorporer une minuscule bille à un modèle de stylo qu'il cherche à améliorer, inspiré par la trouvaille d'un tanneur américain en 1888. La bille permet de réguler l'écoulement de l'encre et éviter qu'elle ne sèche.

Le stylo-bille va immédiatement révolutionner le monde de l'écriture : son encre sèche instantanément sur le papier, contrairement à celle du stylo-plume. Plus maniable, plus économique et surtout pouvant servir de sarbacane, il convainc les écoliers du monde entier !

Merci! Ça s'appelle un stylo-bille, et ça peut tirer les bouts de gomme et les boules de papier mâché à plus de 10 mètres!
Ouah, super ta nouvelle sarbacane!
Et il paraît qu'on peut écrire avec, en plus!

1834

L'ORDINATEUR

En 1834, Charles Babbage, un mathématicien britannique, conçoit une machine à calculer qui, à l'aide de cartes perforées, peut recevoir des instructions et des données et effectuer les quatre opérations : additionner, soustraire, multiplier et diviser. À court de moyens financiers, il ne peut malheureusement pas la terminer. En 1991, à l'occasion des 200 ans de la naissance de Babbage, le musée des Sciences de Londres s'en chargera et constatera qu'elle marche bel et bien. Elle est considérée comme l'ancêtre de l'ordinateur moderne.

En 1938, l'Allemand Konrad Zuse crée le premier ordinateur programmable, le Z3, qui effectue une multiplication en 4 secondes. En 1943, l'ENIAC est le premier ordinateur entièrement électronique. Il s'étend sur plus de 160 m² ! En 1946, l'EDVAC est capable de mémoriser 20 000 mots. Enfin, en 1981, le premier PC (*Personal Computer*, ordinateur personnel) est lancé par la marque IBM. On parle d'informatique familiale, et ça continue aujourd'hui !

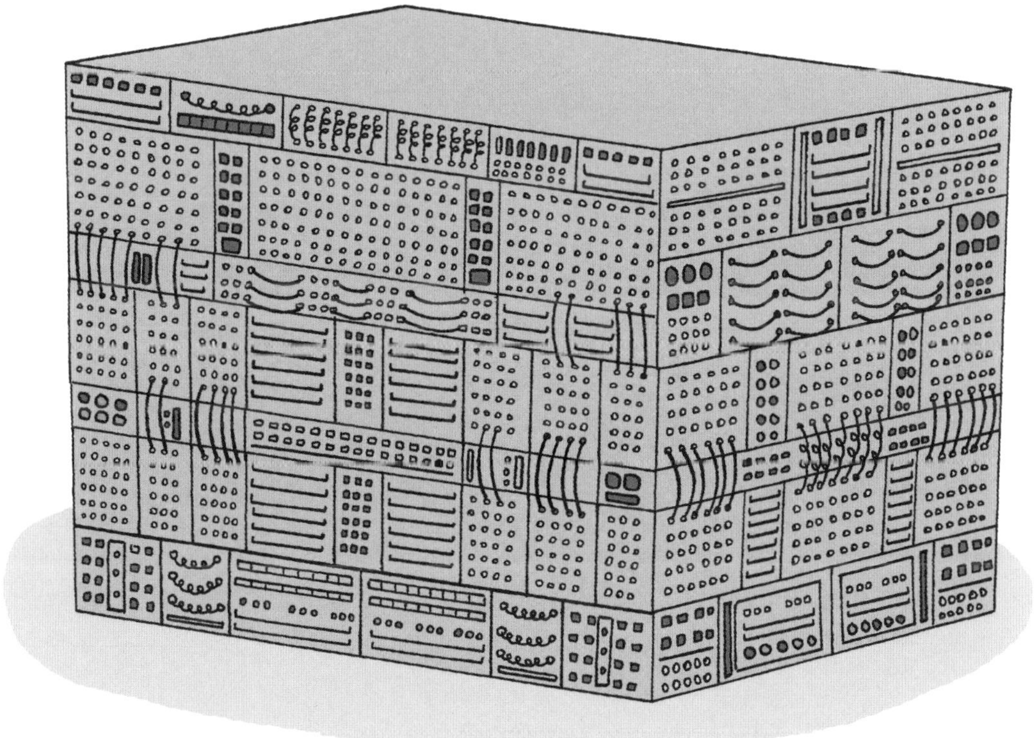

1752

L'ÉLECTRICITÉ

Les phénomènes électriques ayant toujours existé, l'électricité n'a donc pas été inventée, mais on attribue sa découverte au philosophe et savant grec Thalès, au VIe siècle av. J.-C. Il avait remarqué que le frottement d'un morceau d'ambre pouvait attirer des petits bouts de tissus.
Beaucoup plus tard, en 1752, Benjamin Franklin démontre l'origine électrique de la foudre. Petit à petit, l'Homme va apprendre à convertir ces phénomènes en énergie, notamment grâce à l'Italien Alessandro Volta qui crée la première pile en 1800, ou au Britannique Peter Barlow qui invente le premier moteur électrique en 1822. Mais c'est l'Américain Thomas Edison qui est considéré comme le « père » de l'électricité, en créant en 1879 la première ampoule électrique et en équipant les grandes villes (New York, Paris, Londres et Berlin) de centrales électriques !

Bon, j'ai la confirmation de deux choses !
1 : La foudre est bien un phénomène électrique !
2 : Ça fait mal !

ANNÉES 2010

Le PARAPLUIE INTÉGRAL

On est bien d'accord : le parapluie protège de la pluie. Oui, mais quand il y a de la pluie et du vent en même temps, on peut se retrouver trempé quand même. Certaines sociétés ont donc développé divers modèles de parapluies intégraux prenant la forme d'une gigantesque bulle ou comportant une longueur de plastique transparent tout le long du parapluie ! Le cadeau idéal pour les plus allergiques aux averses !

2018

Le ROBOT qui finit le RUBIK'S CUBE en MOINS D'1 SECONDE !

Deux informaticiens ont élaboré un robot capable de terminer le Rubik's Cube de 3 x 3 rangées en 0,38 seconde, battant ainsi le précédent record de 0,637 seconde. En comparaison, le record humain, déjà assez incroyable, est de 4,591 secondes !

Le record (moins connu) du Rubik's Cube le plus long.

Alors? J'ai encore été radin sur la colle, cette fois?
Mmf!
Mmf!

Le RUBAN ADHÉSIF

Dans les années 1920, aux États-Unis, la mode était aux voitures bicolores. Lorsqu'ils les peignaient, les carrossiers utilisaient du papier journal pour séparer les couleurs. Mais quand on le retirait, il arrivait que le papier emporte avec lui une partie de la peinture !
En 1923, Richard Drew, un ingénieur américain, décide donc de créer une bande adhésive qui se décollerait sans tout arracher. Son premier essai est de mauvaise qualité : il ne tient pas et se décolle instantanément. Comme il a été avare en colle, Richard Drew se fait alors traiter de « scotch » (« Écossais »), par les carrossiers, en référence à la supposée radinerie des Écossais !
Après deux ans de perfectionnement, il obtient enfin un résultat satisfaisant, et le ruban adhésif est commercialisé. Les carrossiers continuent à l'appeler *Scotch tape* (« ruban écossais »), ce qui finit par donner le nom à la marque qui le produit, à partir de 1930, sous la forme transparente que l'on connaît bien !

Je pense qu'il y a quelque chose à améliorer pour que ça fonctionne, mais quoi ?

DE -3430 À -3030

La ROUE

La plupart des historiens s'accordent à dire que la roue a été inventée en Mésopotamie (actuellement l'Irak) aux environs de 3500 avant notre ère. Les Sumériens (des habitants du sud de la Mésopotamie) utilisaient en effet des rondins de bois pour déplacer des objets particulièrement lourds.

Mais cette invention, ô combien utile (imagine un vélo sans roue : aïe, aïe, aïe !), pourrait être encore plus ancienne : une roue en bois montée sur un axe a été retrouvée en Slovénie, qui daterait de 3430 à 3030 av. J.-C. !

-3000

L'ÉCRITURE

Ce sont également les Sumériens qui sont à l'origine de l'écriture. En 3000 av. J.-C., ils avaient mis au point un système regroupant un millier de pictogrammes (dessin représentant un objet). Ils enregistraient ainsi leurs transactions commerciales en utilisant des tablettes d'argile et des pointes de roseaux aiguisées. C'est la première trace d'écriture de l'histoire de l'Humanité !

Si je comprends bien, tu as vendu un rateau et une poule au marché de ce matin ?
Pas du tout : un olivier et un cheval !
Il va falloir travailler un peu tes pictogrammes, fiston !

2015

Le COUTEAU TOASTER

Colin Furze, un jeune inventeur anglais qui partage sur sa chaîne YouTube ses nombreuses inventions, a mis au point en 2015 un couteau qui grille le pain en même temps qu'il le tranche. Plus besoin d'attendre de longues minutes et de se brûler les doigts pour sortir sa tartine grillée du grille-pain !

2017

La MACHINE À LAVER qui PLIE le LINGE

Plusieurs entreprises ont développé des prototypes de machines à laver capables de plier le linge après l'avoir lavé, grâce à des bras robotiques. Le hic est que certaines machines mettaient une dizaine de minutes pour plier un simple t-shirt ! Certains fabricants assurent avoir réglé ce problème et s'apprêteraient à commercialiser leurs machines, qui ne pourraient toutefois pas plier les linges trop volumineux comme les draps, ni trop petits comme les vêtements de bébé.

1897

La PÂTE À MODELER

Au XIXe siècle, l'Italien Tschudi invente la plastiline, une matière malléable qui ne durcit pas définitivement. En 1897, le professeur d'arts britannique William Harbutt crée une matière encore plus souple, et qui peut être colorée, la plasticine. Mais un pharmacien allemand, Franz Kolb, revendique la paternité de la pâte à modeler, qu'il aurait vendue en Allemagne dès 1880 sous une forme à peu près identique. Quoi qu'il en soit, c'est bien la plasticine de William Harbutt qui est commercialisée et connaît un beau succès, notamment pour l'éveil éducatif des enfants.

Dans les années 1930, aux États-Unis, Joe McVicker invente quant à lui une pâte capable de nettoyer les tapisseries salies par la suie (les maisons sont alors chauffées au charbon). Une vingtaine d'années plus tard, en 1956, son fils récupère sa recette (restée secrète depuis) et la commercialise à destination des enfants sous le nom de Play-Doh®, une marque qui existe toujours !

C'est ça votre cheval hyper réaliste? Vous vous moquez de moi?
Je vous jure, m'sieur, il était superbe!
C'est à cause de la pâte qui ne durcit pas, ça a dû s'affaisser, je ne vois que ça!

Oui, mon cher John, je suis bien d'accord avec vous : c'est une véritable prouesse technologique !
Mais franchement, il n'y aurait pas un programme moins ennuyeux sur une autre chaîne ?

1926

La TÉLÉVISION

Dès la fin du XIXe siècle, des scientifiques se sont posé la question de savoir comment arriver à retransmettre des images en direct. En 1926, l'inventeur écossais John Baird présentait un modèle de téléviseur qui se contentait de montrer les silhouettes de personnes se trouvant dans une pièce voisine. Que d'améliorations en moins d'un siècle pour en arriver à des écrans plats grands comme la moitié d'un écran de cinéma !

1500

Le PARACHUTE

Le premier croquis de parachute est dessiné par Léonard de Vinci vers 1500. Son parachute, fait de bois et de toile, est de forme pyramidale. Mais il ne reste aucune trace de la fabrication ni de l'utilisation de ce prototype, et il faut attendre 1783 pour voir le premier saut en parachute, depuis une tour, effectué avec succès par… un mouton ! L'inventeur de ce parachute, Louis-Sébastien Lenormand, a en effet jugé plus prudent de ne pas tester lui-même sa trouvaille ! C'est André-Jacques Garnerin, un pilote de montgolfière, qui est le premier humain à tester le saut en parachute en 1797. Et malgré une cheville cassée à l'atterrissage, c'est un succès !

2015

La RUCHE CONNECTÉE

Très inquiet de la disparition des abeilles, Bertrand Laurentin, un apiculteur d'Orléans, a créé en 2015 un boîtier équipé de capteurs électroniques qui transmet des informations sur la vie de la ruche (température et humidité de l'air, état de la production) directement sur son smartphone. Cela lui permet de suivre en temps réel l'état de santé de ses abeilles et d'intervenir rapidement en cas de problème ! Grâce à son système, les pertes d'abeilles ont diminué de 40 %.

ANNÉES 2010

Le COLLIER de GÉOLOCALISATION pour CHIEN ET CHAT

Grâce à un capteur fixé à leur collier, il est maintenant possible de savoir exactement où se situent les chiens et les chats fugueurs ! Il suffit de consulter une application sur smartphone (ou même un site Internet) pour retrouver leur position en temps réel. On peut même consulter l'historique de leurs promenades et connaître leurs endroits préférés !

1450

Les LUNETTES

On pense que leur invention date du Moyen Âge, mais il est difficile de la dater précisément et d'en connaître l'inventeur. Le scientifique perse Alhazen parlait dès le XIe siècle de la possibilité d'aider l'œil avec une lentille optique en verre, mais c'est en Italie, à la fin du XIIIe siècle, que les premières « lunettes » (en fait des bésicles, des lunettes sans branches qui se fixent sur le nez) ont été fabriquées. La technique se répand alors dans toute l'Europe et on trouve des traces de lunetiers à Londres et Francfort vers 1450.

LUNETTERIE
Oyez, Oyez!
Une paire de bésicles achetée, une paire de bésicles de soleil offerte!

Allez, hue !
Au galop !

1817

Le VÉLO

En 1817, le baron allemand Karl Drais Von Sauerbronn invente une « machine à courir » (*Laufmaschine*, en allemand) qu'il imagine comme une alternative au cheval, trop coûteux. Il s'agit de deux roues reliées par un cadre en bois, mises en mouvement par la force des pieds. Cet appareil, vendu en France dès 1918 sous le nom de « vélocipède » ou « draisienne » (dérivé du nom de son inventeur) et considéré comme l'ancêtre du vélo, a connu une nouvelle jeunesse au début des années 2000. Il permet en effet aux tout jeunes enfants d'apprendre à garder l'équilibre et à tourner un guidon, ce qui les prépare au vélo… sans petites roues !

1893

La FERMETURE ÉCLAIR®

En 1851, Elias Howe, déjà inventeur de la machine à coudre, dépose un brevet pour une invention qu'il nomme « fermeture à glissière ». Mais il ne donne pas suite à sa trouvaille et c'est Whitcomb Judson qui dépose un nouveau brevet en 1893 pour une version améliorée de la fermeture à glissière. Il monte une société pour la commercialiser, mais sa fermeture, ni solide ni pratique, ne se vend pas.

C'est un employé de la société, Gideon Sundbäck, qui parvient, en 1912, à améliorer la fermeture et proposer la version que l'on connaît aujourd'hui. Les ventes se multiplient dans le monde entier. Le « zip » que l'on entend lorsqu'on l'utilise va lui donner son nom anglais, « *zipper* ». En France, le côté rapide est mis en avant et elle devient la célèbre « fermeture Éclair® » !

Sauras-tu retrouver lequel de ces élèves du cours de natation a eu un petit problème de fermeture Éclair® coincée?

Le TAXI ANTI-ÉCRASEMENT

Dans les années 1920, devant l'augmentation du nombre de voitures en circulation, les autorités décident de développer la sécurité routière. Louis-Auguste Laurenceau crée donc en 1924 un modèle de taxi équipé d'un système anti-écrasement, une armature mélangeant grillage et caoutchouc fixée sur l'avant du véhicule, censée amortir la chute et recueillir le malheureux piéton renversé !

2016

La BASKET AUTOLAÇANTE

Inspirée par le film *Retour vers le futur 2*, la basket autolaçante a vu le jour en 2016. Munie d'un micromoteur à haute vitesse relié à des câbles en fils de pêche, elle resserre les lacets en quelques secondes, avec un ajustement de laçage parfaitement adapté au pied ! Bien pratique en cas de panne de réveil, pour éviter un retard à l'école ou au collège.

Les débuts triomphants de l'aviation.

1890

L'AVION

Clément Ader, un ingénieur français, crée en 1890 un appareil volant nommé *Éole*. Avec ses ailes ressemblant à celles des chauves-souris, deux hélices et un moteur à explosion, l'engin parvient à « voler » sur une cinquantaine de mètres, à seulement 20 cm de hauteur. C'est un exploit, car c'est la première fois qu'une machine plus lourde que l'air parvient à décoller. Mais en raison de sa faible hauteur, cette tentative n'est pas qualifiée de premier vol.

Ce sont les frères Wright, deux inventeurs américains, qui réussissent, à la fin de l'année 1903, les premiers véritables vols à bord d'un planeur équipé d'un moteur et d'hélices, appelé *Flyer*. Ils perdent le contrôle de l'appareil à chaque vol et leurs atterrissages sont bien mouvementés, mais l'avion (un nom trouvé par Clément Ader, qui vient du latin *avis*, « oiseau ») est bel et bien né !

1957

La FUSÉE SPATIALE

L'idée de voyage dans l'espace a toujours fasciné les êtres humains. Dans son livre *De la Terre à la Lune*, publié en 1865, Jules Verne imagine le voyage de trois hommes, expédiés sur la Lune à bord d'un obus ! Plusieurs chercheurs russes ou américains tentent au fil des années de créer des prototypes de fusées, mais on est encore loin du voyage dans l'espace (en 1926, Robert Goddard parvient à lancer une fusée à une hauteur de… 12 mètres !).

C'est en octobre 1957 que Sergueï Korolev, un ingénieur russe, crée la première fusée parvenant à lancer un satellite dans l'espace : *Spoutnik 1*. Dès lors, les essais se multiplient et la chienne Laïka est le premier être vivant à aller dans l'espace, le mois suivant. En 1961, le cosmonaute Youri Gagarine devient le premier homme à voyager dans l'espace, à bord du *Vostok 1*. Dans le même temps, les Américains développent le programme Apollo et en 1969, *Apollo 11* se pose sur la Lune. Neil Armstrong est le premier à y poser le pied, plus de 100 ans après les personnages de Jules Verne !

La baballe !
La grosse baballe !
La grosse baballe bleue !

La RADIO

En 1896, un scientifique italien, Guglielmo Marconi, parvient à améliorer le principe du télégraphe (un système permettant d'adresser des messages sous forme de code envoyé *via* un fil électrique et décrypté à son arrivée) en établissant la toute première transmission sans fil, en morse. La voix ne peut pas encore être transmise. C'est en 1906 que Reginald Fessenden, un inventeur canadien, réussit la première transmission de voix et de musique !

Incroyable, Reginald ! Vous êtes arrivé à miniaturiser tout un orchestre et à le faire entrer dans cette boîte !
Heu, non, ce n'est pas tout à fait ça ! Je vais vous expliquer !

1961

Le PNEU LUMINEUX...

En 1961, une célèbre marque américaine de pneus a eu l'idée de lancer le prototype d'un pneu lumineux en plastique transparent, illuminé par 18 ampoules fixées le long de la jante. Malgré l'enthousiasme général et des essais concluants, il n'a jamais été fabriqué massivement, car les autorités craignaient que les lumières des pneus ne détournent l'attention des conducteurs et soient source d'accidents !

2019

... et le LE PNEU INCREVABLE

De nombreux fabricants de pneus (et même la NASA !) travaillent depuis longtemps à la mise au point d'un pneu anticrevaison. En 2024 sera commercialisé le premier pneu increvable destiné au grand public. Il sera composé d'un alliage de caoutchouc et de fibre de verre qui supportera le poids du véhicule et « absorbera » les déformations de la chaussée ! Bien sûr, il n'y aura pas d'air à l'intérieur !

1826

La PHOTOGRAPHIE

C'est Nicéphore Niépce, un inventeur français, qui parvient à prendre la première photo en 1826. Il réussit à fixer une image sur une plaque recouverte de produit chimique, à l'intérieur d'une chambre noire. Mais il lui faut plusieurs jours d'attente pour un résultat… plutôt flou !

Le peintre-décorateur Louis Daguerre améliore la technique de Niépce avec son daguerréotype, en 1835. Son appareil se répand dans le monde entier car, même s'il faut garder la pose pendant de longues minutes, tout le monde veut une photo ! Peu de temps après, l'américain William Fox Talbot invente le négatif, grâce auquel il est possible de faire des copies d'une photo !

En 1885, George Eastman, un employé de banque passionné par la photographie (mais qui détestait être pris en photo lui-même), invente la pellicule et, dans la foulée, commercialise les premiers appareils photo portables avec la société qu'il vient de fonder, Kodak. Les appareils photo s'amélioreront d'année en année, et deviendront numériques en 1981 !

Allez, tout le monde dit : "ouistiti" !
Pendant trente minutes !

Le PAPIER

Son invention est attribuée à Cai Lun, un haut fonctionnaire de la cour impériale chinoise, qui, en l'an 105, décrivit précisément sa fabrication : un mélange de chiffons et d'écorces de mûriers à dissoudre dans l'eau, puis à faire sécher en fines couches. Le papier était destiné à remplacer les anciens supports, les tablettes de bambous et la soie. Cependant, un grand nombre de spécialistes pensent que Cai Lun s'est contenté d'améliorer une technique existant déjà depuis près de deux siècles !

Dites-donc, CaiLun, j'ai goûté votre recette, là! Et bien c'est très mauvais, beurk!
Ben... c'est-à-dire que ce n'est pas exactement une recette de cuisine, vénérable Empereur!

BOUM!
Mais alors du coup, la lanterne qui explose, ça veut dire que je peux avancer ou pas ?

1868

Les FEUX de SIGNALISATION

Le premier feu rouge est apparu à Londres en 1868… avant l'apparition de la voiture. Il s'agissait d'une lanterne au gaz manipulée par un policier pour indiquer aux calèches quand s'arrêter, quand passer, et permettre ainsi aux membres du Parlement de traverser en toute sécurité. Mais un mois après sa mise en service, elle explosa et l'idée fut abandonnée. C'est Lester Wire, un policier américain, qui améliora le principe en créant un feu de signalisation électrique. Le premier d'entre eux fut installé à Cleveland en 1914. Il n'avait que deux couleurs (rouge et vert) et était commandé manuellement par un policier installé dans une cabine. Une sirène retentissait pour avertir les automobilistes du changement de couleur !

2007

Le FAUTEUIL ROULANT TOUT-TERRAIN

Michel Ohruh, menuisier et papa d'une petite fille handicapée, a eu l'idée, il y a une quinzaine d'années, de créer un fauteuil tout-terrain pour lui permettre de se déplacer partout. Grâce à ses 6 roues, l'engin ne craint ni le sable ni la neige et peut grimper sur les trottoirs. Et son siège peut s'élever sur commande pour permettre à son utilisateur d'attraper des objets en hauteur !

Les LUNETTES-TÉLÉVISION

Hugo Gernsback, un auteur de science-fiction né à la fin du XIXe siècle, était aussi passionné par les inventions. Sur la fin de sa vie, en 1963, il a créé un prototype de « lunettes-télévision », permettant d'être en immersion totale dans le programme regardé. Malheureusement pour lui, même si son invention préfigure un peu le casque de réalité augmentée, elle fut un échec cuisant, alors qu'il était convaincu d'en vendre des millions. Un peu trop en avance sur son temps, peut-être…

1895

Le CINÉMA

On attribue souvent l'invention du cinéma aux frères Louis et Auguste Lumière, mais l'invention de la caméra revient à Thomas Edison qui crée en 1891 le kinétoscope, le premier appareil permettant d'enregistrer et de visionner des images animées. L'idée des frères Lumière est de projeter l'image sur un écran afin que plusieurs personnes puissent en profiter. Leur cinématographe voit le jour en 1895, reprenant une idée de Léon Bouly, un autre inventeur français. Et c'est Alice Guy qui a réalisé la toute première œuvre de fiction, *La Fée aux choux*, en 1896 !

1895 : invention du cinéma

1896 : invention du mangeur de pop-corn bruyant.

Ah non, vos armes, je les ai toutes faites fondre ! Mais regardez, je les ai recyclées en magnifiques colliers-coeur !

Le RECYCLAGE

Tu as sûrement déjà entendu parler de l'importance de trier, et surtout de recycler nos déchets et matériaux usagés. Eh bien, cette idée ne date pas d'hier ! On pense que dès l'âge de bronze (entre 3000 et 1000 av. J.-C.), les métaux abîmés étaient fondus à nouveau pour être réutilisés ! Et en l'an 105, en Chine, le papier est né du recyclage de chiffons ! Mais au Moyen Âge, en Europe, l'idée a été oubliée : la population augmente, et avec elle le nombre de déchets, qui commence à devenir problématique. Villes et villages croulent sous les saletés, qui favorisent la circulation de maladies. Les boueux (chargés de récupérer les déchets), puis les chiffonniers font alors leur apparition : ces derniers récupèrent les matériaux usagés pour les revendre à des « entreprises » de recyclage. Ce métier sera exercé en France jusque dans les années 1960. En 1973, la première entreprise de recyclage de plastique voit le jour aux États-Unis. L'année suivante, on commence à recycler le verre en France. Enfin, en 1992, les bacs de tri sélectif font leur apparition. Aujourd'hui, le recyclage est entré dans nos habitudes, mais il ne faut pas se relâcher, car seulement 19 % des déchets mondiaux sont recyclés !

2018

Le DRONE pour étudier les VIRUS des BALEINES...

SnotBot est un drone utilisé au large de l'Alaska pour améliorer la recherche sur les cétacés. Il vient récupérer, dans les jets des baleines, des gouttelettes qui sont ensuite analysées par des scientifiques cherchant à détecter d'éventuels virus. Il permet aussi d'étudier les comportements des cétacés de façon discrète, sans trop interférer dans leur vie !

2017

... et le DRONE BOMBARDIER D'EAU

En 2017, Jacques Pitoux a mis au point un drone pouvant transporter une dizaine de litres d'eau. Pour les pompiers, c'est une invention importante, puisqu'elle leur permet de surveiller à distance des zones incendiées et d'intervenir très rapidement en cas de reprises de feux dans des endroits souvent rendus très difficiles d'accès par les incendies.

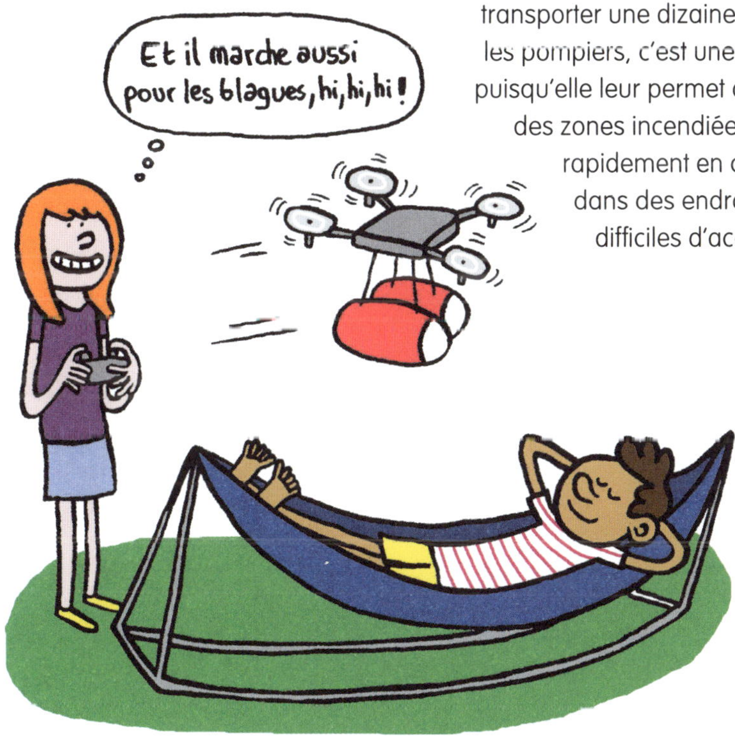

L'info 100 % fausse :
En fait, au départ, Clarence Birdseye n'avait pas tout à fait compris le principe de la congélation du poisson.

1922

Les SURGELÉS

Au début du XXe siècle, Clarence Birdseye, un jeune Américain, remarque lors d'un séjour au Labrador (une région du Canada faisant face au Groënland) que les poissons pêchés par les Inuits, exposés à l'air glacial, gelaient sur place et étaient conservés pendant des mois, tout en gardant leur saveur intacte.
De retour chez lui, il décide de mener des recherches sur le sujet, parvient à créer un système de congélation ultrarapide et lance en 1922 sa propre société. Birds Eye, une marque dérivée de son nom, continue, encore aujourd'hui, de vendre des produits surgelés !

1969

INTERNET

En 1969, Arpanet, le premier réseau d'ordinateurs, est créé par le département américain de la Défense, à destination des universitaires, scientifiques et militaires. En 1971, Ray Tomlinson, un ingénieur en informatique, réfléchit à un moyen de faire communiquer entre eux les utilisateurs d'Arpanet, par le biais d'envoi de courriers électroniques. Il crée alors deux programmes, l'un permettant d'envoyer des messages, l'autre de les recevoir et de les lire. Il décide d'utiliser la touche « @ » de son clavier, qu'il trouve inutile, et l'intègre à l'adresse électronique de la personne, entre son nom et le réseau auquel elle est rattachée. Tout le monde trouve l'idée géniale et l'e-mail est adopté ! En 1989, le chercheur Tim Berners-Lee invente un service de consultation destiné au grand public, le *World Wide Web* (WWW). Depuis cette date, le réseau n'a fait que se développer !

La vie compliquée des jeunes universitaires américains dans les années 1970.

ANNÉES 1950

Le SKATEBOARD

Dans les années 1950, des surfeurs californiens ont l'idée de fixer des roues de patins à roulettes sur des planches de bois, dans le but de retrouver les sensations du surf lorsque les conditions ne leur permettent pas d'aller à l'océan. En 1962, les premiers skateboards sont commercialisés et connaissent un très grand succès aux États-Unis. Le premier concours de skateboard voit le jour en 1963, et le premier magazine spécialisé l'année suivante. Être skateur devient un véritable mode de vie, et c'est toujours le cas aujourd'hui !

C'est comme le surf, sauf que là les requins ont quatre pattes!

2015

Le ROBOT CHEF-CUISINIER qui sait préparer 2 000 PLATS

En 2015, des ingénieurs britanniques ont mis au point Moley, un robot doté de deux bras articulés, capable de reproduire fidèlement en cuisine les gestes de grands chefs, grâce à 20 moteurs, 24 articulations et 129 capteurs. L'utilisateur peut lui demander, *via* une application, de lui préparer n'importe quel plat parmi les 2 000 recettes enregistrées dans sa base de données ! Il suffit de lui fournir les ingrédients nécessaires… et surtout de disposer de 15 000 dollars, le prix de vente de Moley !

2018

ALTEREGO, le casque qui LIT dans les PENSÉES

Lorsqu'on pense à un mot ou à une phrase sans la prononcer, notre cerveau envoie des signaux neuromusculaires, invisibles à l'œil nu, à notre bouche et notre menton. Arnav Kapur, étudiant d'une université américaine, a créé un casque qui relie l'oreille au menton et est capable de repérer ces signaux et de les retranscrire, avec un taux de réussite de 92 % ! Que faut-il en penser ?

1892

L'ESCALATOR

C'est l'Américain Jesse W. Reno qui dépose le brevet de l'escalier roulant en 1892. Six ans plus tard, son invention est inaugurée à Londres, au Crystal Palace, un palais d'exposition, où les gens paient 1 penny (à peu près l'équivalent d'1 centime d'euro) pour faire un tour ! Une société décide de commercialiser les escaliers roulants sous le nom d'« escalator » (mélange de *elevator*, « ascenseur » en anglais, et de *scala*, « marche » en italien), et c'est ainsi qu'ils vont envahir les grands magasins, gares, métros et aéroports du monde entier !

Maman, on peut refaire un tour ?
Allez maman, s'il te plaît !
Ah non, c'est déjà le 25e ! Ça suffit, là !

La magie des premiers jeux vidéo.

1950

Le JEU VIDÉO

En 1950, l'ingénieur canadien Josef Kates crée *Bertie the brain* (« Bertie le cerveau »), une machine de 4 mètres de hauteur capable de disputer une partie de morpion avec un humain. Quelques années plus tard, en 1958, William Higinbotham, un physicien américain, invente le jeu *Tennis for two*, qui permet à deux joueurs de se renvoyer une balle figurée par un point lumineux.
Cependant, ces jeux, considérés comme les tout premiers jeux vidéo, étaient davantage destinés à vanter les mérites d'un tube lumineux (pour le premier) ou les progrès technologiques de la recherche américaine (pour le second) qu'à amuser les gens ! Ils n'étaient donc disponibles que sur de gros ordinateurs inaccessibles au grand public.

1887

Le DISQUE

En 1877, Thomas Edison, encore lui, invente le phonographe, un appareil qui reproduit mécaniquement les sons, alors gravés sur un cylindre. C'est une invention révolutionnaire, mais les cylindres sont fragiles et impossibles à reproduire. Quelques années plus tard, Emile Berliner, un Allemand exilé aux États-Unis, invente le gramophone. Le principe de reproduction et de gravure des ondes sonores est le même, mais le support est différent : fini le cylindre, et Berliner crée un disque, rond et plat, appelé « 78 tours » (car il effectue 78 tours en 1 minute !). Son invention, facilement reproductible, plus solide et de meilleure qualité sonore, concurrence celle d'Edison et finit très vite par l'éclipser complètement ! Les gramophones (ou tourne-disques) se vendent comme des petits pains ! La qualité des disques ne va alors cesser d'augmenter et, en 1946, la société américaine Columbia lance le premier 33 tours (gravé sur du vinyle, une résine de plastique), d'une durée de 30 minutes par face ! Plusieurs décennies plus tard, le vinyle est toujours là !

BROOARRG
GRA
Lucinda, je crois que tu as encore rangé un de tes disques dans la mauvaise pochette!
CONCERTO
PIANO CALMO

2017

Le SYSTÈME qui OUVRE la porte SANS CLÉ

Une société américaine a inventé une serrure sans clé qui permet de verrouiller et déverrouiller la serrure de sa maison grâce à une application sur son smartphone. Finis les appels au serrurier pour cause de clé égarée ou de porte bloquée… à condition de ne pas perdre son téléphone portable !

2010

Les LUNETTES qui LISENT TOUTES SEULES

Ces lunettes dépourvues de verres et à destination des malvoyants ont été créées en 2010 par une société israélienne. Dotées d'une microcaméra reliée à un boîtier, elles reconnaissent toutes sortes de textes (des livres, mais aussi les noms de rues, cartes de restaurants, etc.) à l'exception de ceux écrits à la main. Les textes sont analysés par le boîtier et une voix les retranscrit en direct !

1996

La CLÉ USB

Depuis la fin des années 1960, il était possible de stocker des données informatiques sur des disquettes. Le problème est qu'elles étaient fragiles et avaient une très faible capacité de stockage.
Dans les années 1990, le CD-Rom a permis d'augmenter cette capacité, mais le support était toujours fragile.
Au début des années 1990, Ajay Bhatt, un ingénieur indien, est engagé par la marque Intel pour mettre au point une prise unique, qui permettrait de brancher indifféremment toutes sortes de câbles.
C'est suite à ses travaux que les premiers ports USB apparaissent sur les ordinateurs, en 1996.
En 1999, l'idée de créer une clé de stockage adaptable à ces ports voit le jour, et plusieurs sociétés travaillent à sa fabrication.
En 2000, les premières clés USB sont vendues : faciles à transporter, solides, elles plaisent au public. Aujourd'hui, elles sont adaptables sur presque n'importe quel objet électronique et leurs capacités n'ont fait que grandir !

Ouah, tu as 1600 photos dans tous ces albums ?
En fait, cette étagère, c'est comme ma clé USB, papi !

1956

Le CORRECTEUR LIQUIDE

En 1951, Bette Nesmith Graham est secrétaire à la Banque du Texas, à Dallas. Les fautes de frappe avec les machines à écrire étant quasiment impossibles à corriger (il faut souvent tout réécrire), elle décide de mettre au point chez elle un liquide correcteur qui lui permettrait de masquer les erreurs et de les corriger sans perdre de temps. Après plusieurs essais, elle y parvient et crée *Mistake Out* (« L'erreur s'en va »), un produit qu'elle va fabriquer pendant cinq ans pour ses collègues et elle. En 1956, elle décide de breveter et commercialiser son invention, qu'elle rebaptise *Liquid Paper*. C'est un succès total, et en 1979, elle revend sa marque à une grosse société pour 48 millions de dollars !

Bonjour, madames!
Hou, là, là, pas de "s" au singulier, je corrige ça!

1906

Les ROLLERS MOTORISÉS

L'idée ne date pas d'hier puisqu'en 1906, le Français Constantini présentait son prototype de « Patin automobile ». Problème : les patins pesaient 12 kg, fonctionnaient à l'essence et le réservoir devait se porter à la ceinture ! Aujourd'hui, de nombreuses marques ont développé des modèles de rollers beaucoup plus légers et rechargeables.

2009

Le PLAN DE MÉTRO PARLANT

En 2009, Florence Poulet-Daumas a remporté le concours Lépine (un prestigieux concours français d'inventions) avec Easymetros, un appareil de la taille d'un téléphone portable destiné notamment aux non-voyants et malvoyants. Il suffit d'entrer les stations de métro de départ et d'arrivée, et une voix indique alors le nombre de stations, les changements éventuels et le temps du parcours.

Je vous le jure, chef : quand on met une pomme à côté du tube de magnétron, ça fait de la compote !
Percy, vous êtes sûr que ça va ?

1945

Le FOUR À MICRO-ONDES

En 1945, Percy Spencer travaille chez Raytheon, une société qui développe des technologies militaires. En étudiant un tube magnétron (un dispositif qui transforme l'énergie électrique en énergie électromagnétique sous forme de micro-ondes), il se rend compte que le chocolat qu'il avait dans sa poche a fondu. Intrigué, il place du maïs devant le tube et obtient du pop-corn. Les propriétés chauffantes des micro-ondes avaient déjà été révélées par les scientifiques, mais Percy est le premier à décider de les utiliser pour chauffer des aliments. Raytheon dépose un brevet et crée en 1947 le *Radarange*, un four d'1 mètre de haut et qui pèse 30 kg. Trop cher, trop encombrant et trop lourd, c'est un échec. L'idée est abandonnée jusqu'en 1967, où Raytheon lance un nouveau modèle, moins cher et plus léger, qui rencontre le succès.

1992

Le SMS

C'est Matti Makkonen, un ingénieur finlandais, qui, en 1984, a le premier l'idée d'envoyer un message écrit d'un téléphone à l'autre. Huit ans plus tard, le 3 décembre 1992, le tout premier SMS (*Short Message Service*, « service de message court ») est envoyé par Neil Papworth, un ingénieur anglais, depuis un ordinateur vers un téléphone. Son message : *Merry Christmas* (« Joyeux Noël »), à destination de son employeur, un cadre de l'opérateur téléphonique Vodafone.
Deux ans plus tard, la société Nokia lance le premier téléphone à clavier permettant d'écrire des SMS.
Depuis, environ 200 000 SMS sont envoyés chaque seconde dans le monde !

Tu sais ce que c'était le tout premier SMS ?
Non, c'était quoi ?
Joyeux Noël !
Mais pourquoi tu me souhaites un joyeux Noël ? On est en juillet !
Non, c'était ça le tout premier SMS !
Ah, c'était "ça" le tout premier SMS ? Bizarre !
Non, joyeux Noël !
Tu es sûre que ça va ?

Le RÉFRIGÉRATEUR pouvant DÉTECTER les produits PÉRIMÉS

Ce « frigo intelligent », créé en 2016 pour lutter contre le gaspillage alimentaire, est muni d'un écran tactile qui affiche le contenu du réfrigérateur, analysé grâce à un système de caméras. Lorsqu'un produit est proche de sa date de péremption, une alerte nous avertit qu'il doit être consommé rapidement !

2018

La VALISE qui SUIT son PROPRIÉTAIRE

Dotée de deux minimoteurs qui propulsent les roues arrière jusqu'à 10 km/h, cette valise reconnaît son propriétaire par le biais d'un système de bracelet connecté. Il suffit d'activer le bracelet et la valise se met en route, en évitant les obstacles grâce un sonar, un capteur de profondeur et un détecteur de vide !

Mais enfin, ne me dites pas que vous ne voyez pas l'énorme avantage : plus besoin de sortir dans le froid pour nettoyer le pare-brise !
Mais justement ! Que devient le plaisir de se geler le nez et les doigts ?

1916

Les ESSUIE-GLACES

L'hiver 1903 est particulièrement rude à New York et les conducteurs de tramway, qui n'ont aucune visibilité, sont obligés de nettoyer régulièrement la vitre qui se couvre de givre. Mary Anderson, une agricultrice d'Alabama, de passage dans la ville, se dit alors qu'il faudrait inventer un système permettant de nettoyer les vitres des véhicules qui serait contrôlable de l'intérieur.
De retour chez elle, elle crée le tout premier essuie-glace, une simple baguette de bois le long de laquelle était collée une lame de caoutchouc, manipulable à l'aide d'une manivelle. Elle obtient un brevet pour son invention, qui curieusement ne suscite pas un grand enthousiasme chez les constructeurs. En 1916, Charlotte Bridgwood, comédienne et inventrice, décide de motoriser l'essuie-glace, mais les constructeurs n'adhèrent pas non plus ! Il faudra attendre la fin de la Seconde Guerre mondiale pour voir les essuie-glaces fleurir sur les voitures !

ANNÉES 1950

La CONSOLE DE JEUX

Au début des années 1950, Ralph Baer, un immigrant allemand installé aux États-Unis, propose au fabricant de téléviseurs pour lequel il travaille de créer un modèle permettant de jouer à des jeux. L'idée est rejetée, mais Ralph Baer ne l'oublie pas. Quelques années plus tard, en 1966, alors qu'il travaille pour une société d'électronique militaire, il crée le tout premier prototype de console de jeux. Il travaille ensuite à l'amélioration de ce prototype, qu'il décide de commercialiser sous le nom de *Brown Box*. Mais celle-ci est à son tour rejetée ! Elle finit quand même par être commercialisée en 1972 sous le nom d'*Odyssey* et devient la toute première console de jeux à destination du grand public !

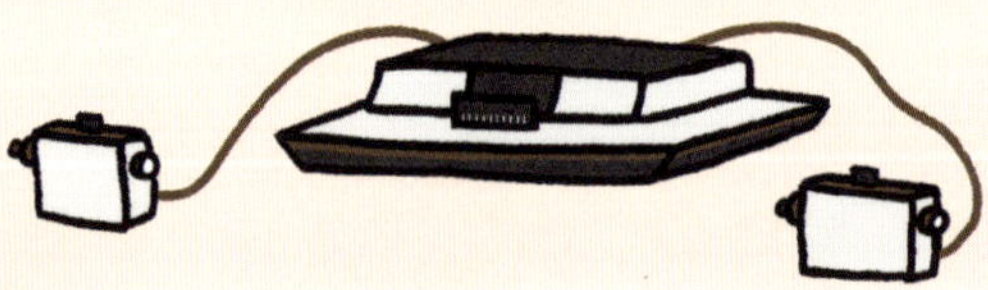

Une console de jeux ? Ah, ah, ah, mais quelle idée ridicule !
Ça ne marchera jamais, mon petit Ralph, un peu de sérieux !

2010

La POUSSETTE-TROTTINETTE

Créée en 2010 par le designer austro-bulgare Valentin Vodev, cette invention permet aux parents de promener leur enfant tout en se dépensant, ou aux plus pressés de l'amener rapidement à la crèche ! Et tout ça de façon 100 % écologique !

2012

La CHAUSSURE qui GRANDIT EN MÊME TEMPS que l'ENFANT

Face au fait que beaucoup d'enfants vivant dans des pays défavorisés étaient mal (ou pas du tout) chaussés, Kenton Lee, un ingénieur américain, a eu l'idée d'inventer une chaussure adaptable, grâce à des lanières modulables situées à l'avant et à l'arrière. Fabriquée avec des matériaux très résistants, cette chaussure peut couvrir jusqu'à 5 pointures de pieds !

FRISE CHRONOLOGIQUE DE

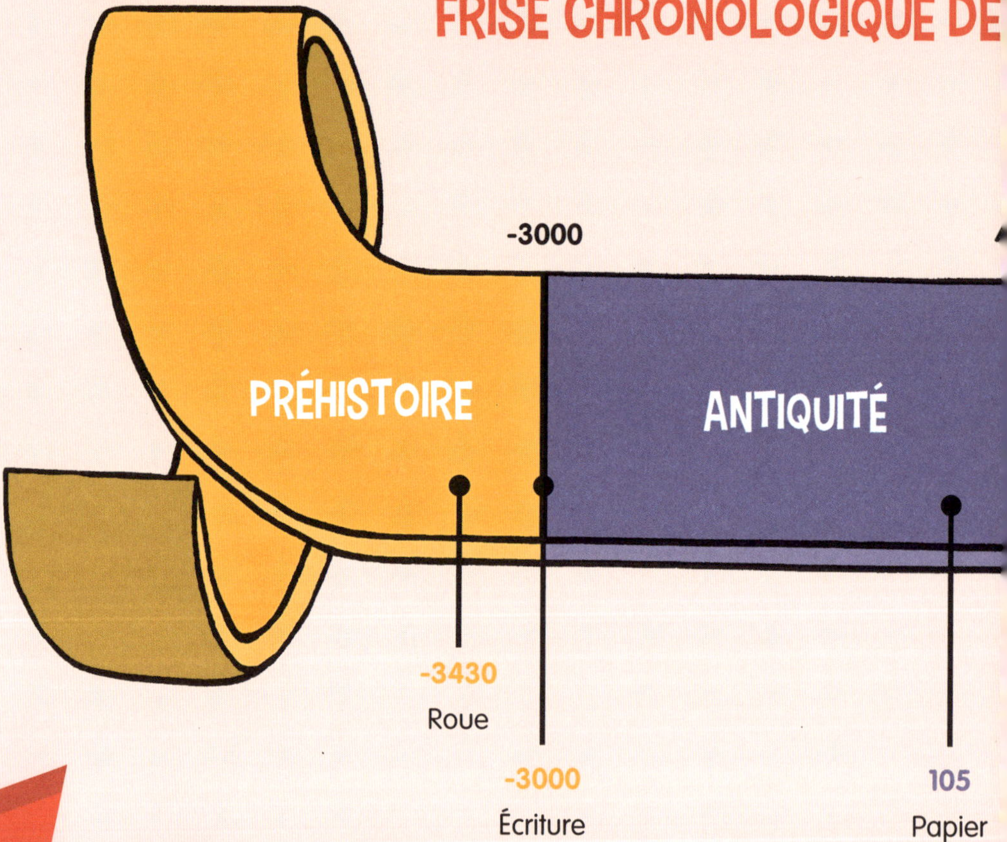

RANDES PÉRIODES HISTORIQUES

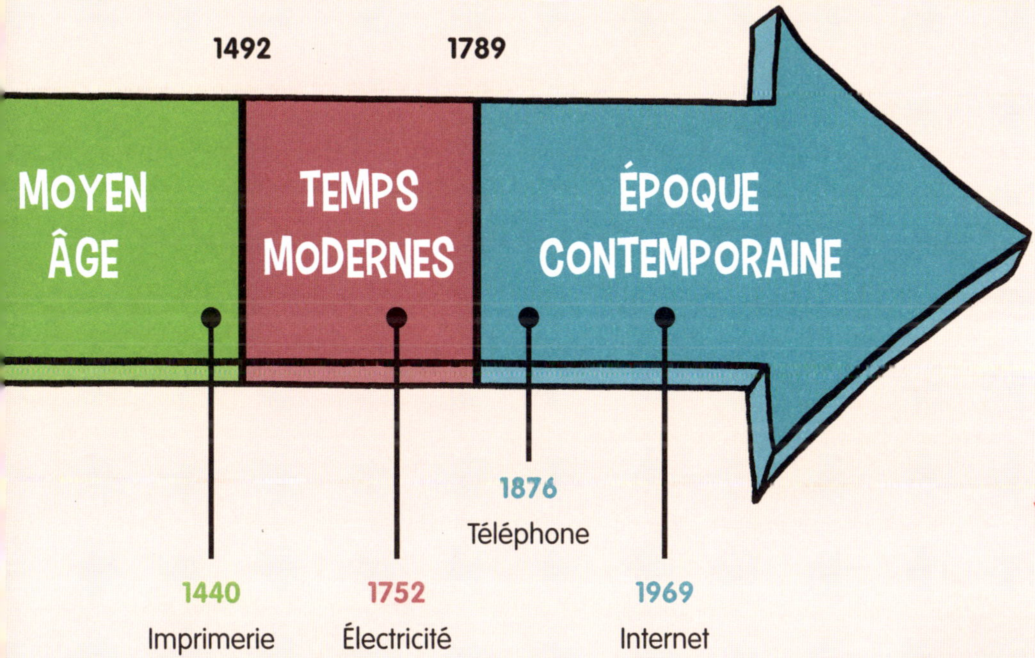

INDEX CHRONOLOGIQUE DES SUPER INVENTIONS

PRÉHISTOIRE

ANTIQUITÉ

MOYEN ÂGE

TEMPS MODERNES

ÉPOQUE CONTEMPORAINE

HALFBOB

Né en 1974 à Saint-Étienne, Halfbob (ou Half Bob, selon les humeurs) est auteur de bandes dessinées publiées chez Vide Cocagne, Jarjille et Futuropolis. Également illustrateur, il dessine des pochettes de disques, principalement pour le label Influenza Records. Il collabore régulièrement à la revue Topo, et travaille dans l'illustration jeunesse, notamment pour la collection « Petites et grandes questions » aux éditions Fleurus.

Et bientôt, l'invention de la téléportation ?